LE

ROYAL CRAVATE

OPÉRA-COMIQUE EN DEUX ACTES

PAR

M. DE MESGRIGNY

MUSIQUE DE M. DE MASSA

Mise en scène de M. MOCKER

Représenté pour la première fois, à Paris, sur le théâtre impérial de l'Opéra-Comique, le 12 avril 1861.

PARIS

MICHEL LÉVY FRÈRES, LIBRAIRES-ÉDITEURS,

RUE VIVIENNE, 2 BIS

—

1861

Distribution de la pièce

LE MARQUIS DE FLOREVILLE......... MM. PRILLEUX.

GASTON, lieutenant au royal cravate...... GOURDIN.

CHAMPAGNE, trompette au même régiment. SAINTE-FOY.

LE PÈRE MARTIN, aubergiste.......... NATHAN.

HENRIETTE, nièce du marquis.......... Mlles HENRION.

TOINON, soubrette d'Henriette.......... LEMERCIER.

La scène se passe en Artois, en 1745, dans une auberge de village, près de Bapaume.

NOTA. — La mise en scène exacte de cet ouvrage est transcrite et publiée par M. L. PALIANTI.

LE
ROYAL CRAVATE

Le théâtre représente une salle d'auberge au rez-de-chaussée; une porte et une fenêtre dans le fond; portes latérales; une trappe à gauche, fermant l'ouverture de la cave; une table, plusieurs chaises; une chandelle allumée sur la table; il est neuf heures du soir.

—

SCÈNE PREMIÈRE.

LE PÈRE MARTIN, se préparant à aller se coucher. Il ferme sa fenêtre.

Oh, oh! le temps n'est pas beau, ce soir; l'orage commence à gronder. Ma foi, tant pis, je suis tellement fatigué, que la foudre et les éclairs ne me réveilleront pas. (Il donne un tour de clef.) Voilà qui est fait; et maintenant je n'ouvrirai à personne, fusse le roi lui-même qui vînt frapper à ma porte. (On frappe.) Ah, ah! frappez tant que vous voudrez, mes enfants; couchez à la belle étoile, si cela vous fait plaisir, quant à moi... (On frappe.) Oh, oh! il paraît qu'on tient à entrer.

SCÈNE II.

LE PÈRE MARTIN, GASTON et CHAMPAGNE, au dehors.

TRIO.

GASTON ET CHAMPAGNE.
Holà, morbleu! m'ouvrirez-vous enfin?

MARTIN.
Mes beaux seigneurs, passez votre chemin.

GASTON ET CHAMPAGNE.
L'orage gronde, il pleut...

MARTIN.
          Et que m'importe!

GASTON ET CHAMPAGNE.
Ouvre, maraud, ou nous brisons ta porte.

MARTIN.

Attendez. J'obéis quand on me parle ainsi.

GASTON ET CHAMPAGNE, entrant.

Certes, on a du mal à pénétrer ici !

MARTIN.

Calmez-vous, et daignez m'apprendre
Ce que vous désirez.

GASTON.

Bientôt tu vas comprendre
Pourquoi je veux chez toi demeurer aujourd'hui :
En traversant le bois voisin de ce village,
Un riche et brillant équipage
Attira mon regard ;
Je m'avance au hasard :
Déjà la nuit était obscure,
Et, malgré les ombres du soir,
Au fond de la voiture
Mes yeux purent apercevoir

ROMANCE.

Les traits divins d'une déesse
Aux regards doux et séduisants,
Et dont la grâce enchanteresse
Vint soudain fasciner mes sens.
Je ne sais si c'est une femme,
Une fée, un ange des cieux ;
Mais sa beauté toucha mon âme,
Et sa vue éblouit mes yeux.

DEUXIÈME COUPLET.

C'est une pure et fraîche rose
Qui sourit à l'aube du jour ;
C'est une fleur à peine éclose,
Le rayon d'un premier amour.
Jamais son image chérie
Ne s'effacera de mon cœur ;
O douce étoile de ma vie,
A toi mes rêves de bonheur !

MARTIN.

Et que m'importe, je vous prie,
Vos exploits amoureux ?

CHAMPAGNE.

Écoute donc.

GASTON.

Bientôt, dans ton hôtellerie,
Va paraître à tes yeux
Cette beauté divine.

MARTIN.

Eh quoi ! chez moi ! dans cet humble réduit ?

GASTON.

Elle compte y passer la nuit.

CHAMPAGNE.

Avec une soubrette à la mine lutine,

Dont mon regard vainqueur
Saura charmer le cœur.

ENSEMBLE.

GASTON.

Beauté céleste qui m'est chère,
A toi ma vie entière;
Viens, ô bel ange, viens vers moi!
Jamais je n'aimerai que toi !
Séduisante conquête
Pour moi bientôt s'apprête!
Ah! c'est trop de bonheur, vraiment,
Pour un modeste lieutenant !

CHAMPAGNE.

Tout n'est, sur cette terre,
Que mensonge et chimère,
Et dans ce bas monde, ma foi,
On doit d'abord songer à soi.
Ce soir à la soubrette
Je vais conter fleurette,
Et prendre part dorénavant
Aux amours de mon lieutenant.

MARTIN.

La chose n'est pas claire,
On me cache un mystère ;
Au fait, peu m'importe, ma foi,
Si les écus rentrent chez moi !
L'argent d'une soubrette,
D'un marquis, d'un trompette,
Me satisfait également;
Ce qu'il me faut, c'est de l'argent.

GASTON.

Or çà, mon brave, écoute-moi. L'heure s'avance, et bientôt la voiture sera à la porte de ton hôtellerie.

MARTIN.

Pardon, mon officier; mais comment savez-vous que cette dame doit venir ce soir chez moi?

GASTON.

En passant près de la voiture, j'ai entendu une voix qui disait au postillon: « Allez jusqu'au premier village que vous rencontrerez sur la route, et vous nous conduirez à l'auberge du père Martin, qui a pour enseigne : *A l'Ane bâté.*

CHAMPAGNE.

C'est bien toi?

MARTIN.

Comment, c'est bien moi?

GASTON.

Qui te nommes le père Martin?

MARTIN.

Oui, mon officier.

GASTON.

Eh bien, voilà comment je l'ai su; mais il ne s'agit pas de cela pour le moment.

CHAMPAGNE.

Nous avons bien autre chose à faire.

GASTON.

Tu vas d'abord me montrer toutes les chambres de ton auberge, et tu m'en donneras toutes les clefs.

MARTIN.

Par exemple, mais...

GASTON.

Et de plus, tu vas prêter tes habits à Champagne.

MARTIN.

Mes habits! Eh bien, et moi?...

CHAMPAGNE.

Tu n'en as pas besoin.

GASTON.

De plus, il faudra te cacher.

MARTIN.

Me cacher! Mais enfin, quel est votre dessein?

GASTON.

Je veux que Champagne prenne ta place, et qu'il exécute mes ordres. Cela suffit.

CHAMPAGNE.

Oui, cela suffit.

GASTON.

Tu comprends?

MARTIN.

Mais, encore une fois, quel est votre but?

GASTON.

Mon but est de faire la cour à cette femme adorable qui va venir chez toi; aussi, je veux être libre et maître de ton auberge.

MARTIN.

Vous comprenez que la bonne réputation de mon hôtellerie...

GASTON.

Ah çà! viendras-tu?

MARTIN.

Mais, monsieur l'officier, ce que j'en dis...

GASTON.

Allons, allons, ne raisonnons pas, et en avant; toi, Champagne, reste ici et attends-nous!

MARTIN.

Non, je ne puis souffrir...

GASTON, mettant la main à son épée.

Voyons, maraud, faut-il employer les grands moyens?

MARTIN.

Ah! mon Dieu! que devenir?

GASTON.

Passe devant!

MARTIN.

Mais, vraiment, vous devriez...

GASTON, le poussant par le dos.

Allons donc! (Ils sortent.)

SCÈNE III.

CHAMPAGNE, seul.

Ah! ah! ah! voilà le lieutenant qui recommence à aimer, et moi à l'aider dans ses amours; car, depuis que j'ai l'honneur de lui être attaché, c'est tous les jours un sentiment nouveau. Tout à l'heure encore, il aperçoit une jeune fille qu'il appelle une déesse; il l'a regardé une minute, et v'lan! le voilà amoureux; il manque de crever son cheval pour arriver avant elle à cette auberge, et moi je reste toujours à l'arrière-garde. Je voudrais bien qu'il m'envoyât quelquefois en éclaireur, pour me changer, car je suis aussi brave qu'un autre, et quand j'ai envie de subjuguer une fillette, je suis sûr du succès; c'est qu'avec moi il faut marcher droit: toujours au pas de charge, c'est mon caractère.

COUPLETS.

Avec moi, jeunes fillettes,
Ne faites pas les coquettes,
Car toujours, tambour battant,
Je mène le sentiment.
Si quelque beauté trop fière
A mes lois veut se soustraire,
De son faible et tendre cœur
Bientôt je reste vainqueur.
Loin de croire à ma défaite,
Au combat, moi, je m'apprête,
Et, d'un pas leste et vaillant,
Je m'élance en répétant:
    En avant! en avant!

L'autre soir, dans la prairie,
J'aperçois fille jolie;
Je m'approche sans détour,
Et je lui parle d'amour.
Puis, en galant militaire,
Dont le talent est de plaire,
Je lui dis: « Puis-je espérer
Obtenir un doux baiser? »
Elle, alors, sans plus attendre,

D'un air gracieux et tendre,
Baisse les yeux gentiment,
Et me dit timidement :
« En avant! en avant! »

SCÈNE IV.

CHAMPAGNE, GASTON, LE PÈRE MARTIN.

GASTON.

Ainsi, c'est convenu?

MARTIN.

C'est convenu, c'est bien facile à dire.

GASTON.

Bah! ne crains rien, et dépêchons-nous. Tiens, Champagne, prends ces vêtements et habille-toi.

MARTIN.

Mon Dieu! que je regrette donc de leur avoir ouvert!

GASTON.

Ne te lamente pas, puisqu'on t'indemnisera.

MARTIN.

Vous ne me faites guère l'effet d'indemniser souvent les gens.

GASTON.

Hein! Qu'est-ce à dire?

CHAMPAGNE, ayant revêtu un costume d'aubergiste.

Ça y est.

GASTON.

Bon; mets maintenant ce bonnet sur ta tête.

CHAMPAGNE.

Ah! voilà un accoutrement qui me fait perdre la moitié de mes avantages physiques.

GASTON.

Est-ce que tu en as besoin, toi?

CHAMPAGNE.

Ah çà! lieutenant, pourquoi n'en aurais-je pas besoin?

GASTON.

Tu es parfait dans ton nouvel état; admirable, ma parole d'honneur!... Mais... j'entends le roulement d'une voiture... c'est elle!... (A Martin.) Cache-toi vivement.

MARTIN.

Mais, où ça?

CHAMPAGNE.

Par ici.

GASTON.

Non, c'est la chambre pour le vieux.

CHAMPAGNE.

Ah!... De ce côté?

GASTON.

Non, non!

CHAMPAGNE, on frappe.

Voilà, voilà!

GASTON.

Où diable le mettre?

MARTIN.

Ne me tirez pas comme ça, vous allez me faire mal.

CHAMPAGNE, on frappe.

Voilà, voilà! Ah! j'ai une idée... (Ouvrant la trappe.) Fourre-toi là-dedans.

MARTIN.

Mais c'est la cave, je ne puis pas...

GASTON.

Justement, c'est ce qu'il faut.

CHAMPAGNE, le poussant.

Allons, marche donc!

MARTIN.

Mon Dieu! que je regrette donc de leur... (Champagne saute sur la trappe et fait disparaître le père Martin.)

CHAMPAGNE.

Ouf! voilà qui est fait.

GASTON.

C'est bien; maintenant, va ouvrir.

CHAMPAGNE, on frappe.

Voilà, voilà!... Prenez garde qu'il ne sorte.

GASTON.

Ne crains rien.

SCÈNE V.

GASTON, CHAMPAGNE, LE MARQUIS, HENRIETTE et TOINON, des paquets à la main.

LE MARQUIS.

Enfin, ce n'est pas malheureux!

TOINON.

Vous vouliez donc nous laisser coucher dehors, père Mart... Tiens!...

LE MARQUIS.

Tiens! comme il est changé!

TOINON.

Ah! ce n'est pas lui!

LE MARQUIS.

Où est donc le père Martin?

CHAMPAGNE, au marquis.

Le père Martin... mais... mon Dieu... il est mort! (La trappe remue, Champagne saute dessus.)

LE MARQUIS.

Mort! C'est impossible, je l'ai encore vu il y a huit jours.

CHAMPAGNE.

Mais vous ne l'avez pas vu depuis la dernière fois?

LE MARQUIS.

Attendez que je me rappelle... Non... non...

CHAMPAGNE.

Eh bien, il est mort depuis ce temps-là... et enterré!

LE MARQUIS.

Oh! c'est affreux!

CHAMPAGNE, à part.

Elle a passé.

HENRIETTE.

Oh! mon oncle, le joli uniforme que porte cet officier!... Est-ce que mon cousin en a un semblable?

LE MARQUIS.

Tais-toi donc, et ne regarde pas ce militaire.

HENRIETTE.

Comme il a l'air distingué!

LE MARQUIS, à Champagne.

C'est affreux ce que vous m'avez appris là, ce pauvre père Martin!

CHAMPAGNE.

N'est-ce pas, monsieur? Aussi, en quittant les drapeaux du dieu Mars, je me suis abrité sous les pampres de Bacchus, et j'ai acheté son fonds pour continuer son commerce, qui allait très-bien.

LE MARQUIS.

Oh! comme ci, comme ça.

CHAMPAGNE.

Oui, comme ci, comme ça... Je m'exprimais mal... c'est la langue qui m'a fourché. (A part.) Diable! ne nous embrouillons pas. (Au marquis.) Et qu'y a-t-il pour votre service?

LE MARQUIS.

Nous voudrions d'abord souper et passer la nuit ici, car l'orage nous empêche de continuer notre route.

CHAMPAGNE.

Soyez les bienvenus! Seulement, je n'ai plus rien à vous donner à manger.

TOINON.

Comme ça se trouve, moi qui n'ai pas mangé depuis ce matin! Je vous disais bien, monsieur le marquis, que nous aurions dû aller jusqu'au château de Feuillancourt.

CHAMPAGNE.

Quoi! seriez-vous le marquis de Floreville?

LE MARQUIS.

Oui; qu'est-ce que cela te fait?

GASTON, bas à Champagne.

Ah ! diable !... c'est justement à lui que je dois remettre la lettre du colonel.

CHAMPAGNE, bas.

Si vous la lui donniez tout de suite ?

GASTON, de même.

Non pas !... elle peut me servir pour me présenter au château.

CHAMPAGNE.

A la bonne heure !

LE MARQUIS.

Ah ! si le père Martin était de ce monde, il aurait bien trouvé de quoi nous donner à souper. (La trappe remue de nouveau, Champagne saute dessus.)

CHAMPAGNE, à part.

Le vieux serpent voudrait sortir... (Au marquis.) Ce n'est pas qu'il n'y ait rien à manger ici, monsieur le marquis... mais cet officier que vous voyez là a commandé pour lui seul un souper somptueux, et toutes mes provisions vont y passer.

GASTON.

Mon Dieu, monsieur le marquis, si vous vouliez, ainsi que mademoiselle, partager mon humble repas, je me ferais un plaisir de vous offrir deux places à ma table...

TOINON.

Eh bien, et moi... je vais regarder?... Comme c'est nourrissant !

CHAMPAGNE.

J'aurai soin de toi, petite... car tu as une paire d'yeux qui disent de bien jolies choses...

TOINON.

Voyez-vous ça !...

CHAMPAGNE.

Oui, oui, je m'y connais.

TOINON.

C'est parce que vous avez été militaire... on ne le dirait pas.

CHAMPAGNE.

Par exemple ! c'est moi qui ai gagné la bataille de Fontenoy... en partie.

TOINON.

Alors, vous êtes un héros !...

CHAMPAGNE.

J'ai cet honneur !

LE MARQUIS, à Gaston.

Je ne sais, monsieur, si je dois...

GASTON.

Ne me refusez pas, de grâce !...

HENRIETTE.

Moi, d'abord, j'accepte.

LE MARQUIS.

Mais, Henriette...

HENRIETTE.

Il est charmant, cet officier...

LE MARQUIS.

Tais-toi donc !

HENRIETTE, à Gaston.

Est-ce que vous connaissez mon cousin, monsieur ?

GASTON.

Peut-être, mademoiselle, je ne sais... Allons, Champagne, ton meilleur vin !

CHAMPAGNE, mettant le couvert.

Il est bon, je l'ai goûté.

GASTON.

Voilà ! Si vous voulez prendre place...

LE MARQUIS.

Ma foi, vous y mettez tant de bonne grâce, que j'accepte sans façon.

HENRIETTE.

Et moi aussi.

GASTON, à part.

Ma parole d'honneur, elle est ravissante ! (Haut.) Allons, à table !

TOUS.

A table !

QUINTETTE. — ENSEMBLE.

A ce joyeux repas
La gaieté nous convie ;
Quelle aimable folie !
Quel festin plein d'appâts !

GASTON.

Au fond de notre verre
Laissons peine et chagrin ;
Le vrai bonheur, sur terre,
C'est l'amour, c'est le vin !
Permettez-moi, mademoiselle,
De boire à la plus belle !

LE MARQUIS.

C'est inutile en ce moment.

GASTON.

Mais c'est l'usage au régiment.
Auprès d'une femme jolie,
Peut-on de son cœur
Modérer l'ardeur ?

LE MARQUIS.

Modérez-vous, je vous en prie.

GASTON.

Ah ! pour moi quel heureux moment !

LE MARQUIS.

Tout doux, monsieur, allez plus doucement.

HENRIETTE.

Quel aimable langage !

LE MARQUIS.

Henriette, soyez donc sage !

CHAMPAGNE.

Et toi, ma charmante Toinon,
Puis-je te déclarer ma flamme ?

TOINON.

Ça dépend de quelle façon...

(Il l'embrasse.)

Assez, assez !

CHAMPAGNE.

O trésor de mon âme !
C'est un à-compte seulement,
Pour faire voir en ce moment
Qu'on accorde au soldat souvent
Plus de faveurs qu'au lieutenant.

REPRISE.

A ce joyeux repas, etc.

LE MARQUIS.

Allons, Henriette, mon enfant, il se fait tard, nous devons
partir demain de grand matin , il faut remercier monsieur de
son amabilité et nous retirer.

HENRIETTE.

Oh ! nous avons bien le temps, mon oncle.

LE MARQUIS.

Monsieur, veuillez recevoir tous mes remerciements pour
la manière aimable dont vous nous avez donné l'hospitalité.

GASTON.

Monsieur le marquis, c'est plutôt à moi de vous remercier
d'avoir bien voulu prendre part à mon modeste repas.

LE MARQUIS.

Mille grâces... Hé ! brave homme... hé ! (Il appelle Champagne.)

CHAMPAGNE.

Qu'y a-t-il pour le service de monsieur le marquis ?

LE MARQUIS.

Quelles sont les chambres que tu nous destines ?

CHAMPAGNE, montrant à droite et à gauche.

Voici pour mademoiselle, et voilà pour vous, monsieur le
marquis.

LE MARQUIS.

C'est un peu loin de la chambre de ma nièce !

CHAMPAGNE.

Oh ! que non ! Vous serez parfaitement là; c'est la chambre
qui vous convient... croyez-moi, monsieur le marquis.
D'abord, c'est la plus gaie de la maison ; elle donne sur la
mare aux Canards, le matin on les voit barboter...

LE MARQUIS.

Eh bien, et celle-ci ?

CHAMPAGNE.

C'est un cabinet noir pour mademoiselle Toinon... Il est impossible... que... vous...

LE MARQUIS.

Mais, je préférerais...

CHAMPAGNE.

Non, non, je ne puis souffrir que, pour la première fois où j'ai l'honneur de vous recevoir, vous soyez logé ainsi...

LE MARQUIS.

Allons, soit ! (A part.) Quel drôle d'aubergiste ! (A Henriette, qui cause avec Gaston.) Henriette, que fais-tu là ? Viens donc !

HENRIETTE.

Monsieur vous chantera quelque chose demain matin en déjeunant, ce sera très-amusant.

LE MARQUIS.

Nous aurons le plaisir de vous revoir, monsieur ?

GASTON.

Si toutefois vous le permettez.

LE MARQUIS.

Comment donc, mais j'en serai enchanté. Alors, monsieur, à demain !

GASTON.

A demain !

CHAMPAGNE, bas, à Toinon.

Si tu entends soupirer à ta porte pendant la nuit, n'aie pas peur, ce sera moi !

TOINON.

Comment ça ?

CHAMPAGNE.

Chut !

TOINON, à part.

Oui, compte que je t'attendrai.

GASTON.

Allons, Champagne, conduis-moi à ma chambre.

CHAMPAGNE.

Que Dieu vous garde, mes hôtes !

LE MARQUIS ET HENRIETTE.

Merci !

LE MARQUIS, à part.

Quel drôle d'aubergiste ! (Champagne et Gaston sortent par le fond.)

SCÈNE VI.

HENRIETTE, LE MARQUIS, TOINON.

TOINON.

Les chambres sont prêtes, mademoiselle.

LE MARQUIS.

Ah ! tant mieux ; allons, bonsoir, ma nièce, et dors bien !

HENRIETTE.

Bonsoir, mon oncle ! (A Toinon.) Toinon, comment trouves-tu
cet officier ?

TOINON.

Ravissant, mademoiselle ; (A part.) mais je m'en défie au-
tant que du nouvel aubergiste. Bonsoir, mademoiselle !

HENRIETTE.

Bonsoir, Toinon ! (Elle entre dans sa chambre.)

SCÈNE VII.

TOINON, LE MARQUIS.

TOINON, en sortant.

Bonsoir, monsieur le marquis !

LE MARQUIS, seul, s'asseyant près de la table d'un air rêveur.

Bonsoir !... Me voici seul et tranquille à présent ! Cherchons
donc s'il n'y aurait pas quelqu'autre moyen d'avoir des nouvelles de cette maudite bataille de Fontenoy. Mon pauvre Gaston est peut-être mort ! Lui que je n'ai pas vu depuis seize
ans ! Ah ! je regrette à présent de ne l'avoir pas toujours
gardé près de moi ! Voilà pourtant le résultat d'une première
faute ! Depuis cinq ans que sa mère est morte, j'ignorais ce
qu'il était devenu ; enfin, cette lettre de mon ami le colonel
du royal cravate me rend quelque espoir. (Lisant.) « En ve-
nant prendre le commandement de mon régiment, j'ai trouvé
un jeune homme, âgé de vingt-deux ans, qui refuse de dire
le nom de sa mère, et qui ignore celui de son père. » (S'interrompant.) C'est bien cela. (Continuant.) « Il prétend que sa mère,
après des revers de fortune, quitta la Picardie pour s'établir
en Touraine, et qu'en 1740, elle périt dans un incendie qui
enleva à son fils ses dernières ressources. » (S'interrompant.) C'est
bien cela ; ce doit être lui. (Continuant.) « Ce jeune homme quitta
subitement le pays et s'engagea dans le royal cravate, dont
je viens d'être nommé colonel. » Il me dit qu'après la bataille
il me donnera de plus amples renseignements, et, depuis, pas
de nouvelles. Je vais à Arras, au-devant du régiment qui devait passer par cette ville, mais il avait pris une autre route.
Que faire ? Que penser de ce long silence ? Mais... au fait, cet
officier qui loge ici pourra peut-être me donner quelques détails. J'ai oublié de lui demander le nom de son régiment ; il
faudra que demain je m'en informe auprès de lui. Ah ! mon
pauvre Gaston ! pourvu qu'il ne lui soit rien arrivé ! Mais, il
se fait tard, il faut aller se reposer, et demain, avant de partir,
j'interrogerai ce jeune officier. (Il sort.)

SCÈNE VIII.

(Nuit.)

SCÈNE ET ROMANCE.

GASTON, entrant par le fond.
Voici l'heure ! ô doux moment !
Tout est plongé dans le silence.
Sans bruit et par prudence
Avançons doucement.
C'est là qu'elle sommeille !
Approchons sans effroi,
O beauté sans pareille,
Oui, bientôt je serai près de toi !
Amour, séduisante folie,
Le plus doux des biens d'ici-bas ;
O toi, seul charme de ma vie,
Près d'elle viens guider mes pas !
Oui, je sens mon âme enivrée
Brûler déjà de mille feux !
Ah ! dans cette nuit fortunée,
Amour, sois propice à mes vœux !
Hâtons-nous, le temps presse !
Ah ! pour moi quelle ivresse !
Mais je sens palpiter mon cœur ;
Est-ce de crainte ou de bonheur ?
Chassons cette vaine terreur.
Entrons... Grand Dieu ! quel bruit vient troubler le silence ?
O contre-temps fatal ! qui donc ici s'avance ?
(Il traverse le théâtre, et reste du côté opposé à la chambre d'Henriette.)

SCÈNE IX.

GASTON, CHAMPAGNE, puis TOINON et HENRIETTE.

QUATUOR.

CHAMPAGNE, entrant par le fond.
Voici l'heure du rendez-vous,
Avec mystère approchons-nous.
TOINON, sortant de sa chambre.
Voici l'heure du rendez-vous,
Avec prudence esquivons-nous.

ENSEMBLE.

CHAMPAGNE.
O nuit d'amour et d'ivresse !
Pour moi moment enchanteur !

Viens, ô gentille maîtresse!
D'espoir je sens battre mon cœur.

TOINON.

Oui, je puis, par mon adresse,
Tromper l'espoir de son cœur;
Agissons avec sagesse,
Fuyons ce galant séducteur!

GASTON.

Ah! dans cette nuit d'ivresse,
Qui vient troubler mon bonheur?
Agissons avec sagesse;
Calmons cette amoureuse ardeur.

CHAMPAGNE.

L'oiseau doit être dans sa cage!

TOINON.

J'ai pris, je crois, le parti le plus sage.

CHAMPAGNE.

Dans cette nuit obscure, amour guide mes pas!

TOINON.

Je ne sais où je suis!

CHAMPAGNE.

Ah! diable! on n'y voit guère,
Avançons doucement.

GASTON.

Hélas! ne bougeons pas.

TOINON.

Pour me cacher, comment donc faire?
(Rencontrant Gaston.)
O ciel!

GASTON.

Henriette, est-ce vous?

TOINON.

Ah! c'est le lieutenant!

GASTON, lui prenant la main.

O bonheur!

TOINON.

Taisons-nous!

GASTON.

Oui, cette taille fine et cette main charmante
Ne peuvent me tromper.

TOINON.

Hélas! je suis tremblante!

HENRIETTE, sortant de sa chambre.

Que se passe-t-il donc ici?
De crainte mon cœur a frémi.

CHAMPAGNE.

Il fait si noir qu'on n'y voit goutte!

TOINON.

Ah! laissez-moi, monsieur

GASTON.

C'est elle, plus de doute.

HENRIETTE.
J'ai peur, je voudrais bien aller trouver Toinon !

CHAMPAGNE.
Où peut être sa chambre ? Ah ! j'en perds la raison !

GASTON.
O nuit d'amour et d'ivresse !
C'est un rêve de bonheur !
Sa voix douce, enchanteresse,
De plaisir fait battre mon cœur !

HENRIETTE.
Hélas ! la crainte m'oppresse,
Et je tremble de frayeur ;
Oui, je frissonne sans cesse ,
D'effroi je sens battre mon cœur.

CHAMPAGNE.
O nuit d'amour et d'ivresse !
Pour moi moment enchanteur !
Viens, ô gentille maîtresse !
D'espoir je sens battre mon cœur.

TOINON.
Je sens sa main qui me presse,
Et je tremble de frayeur !
Il faut, avec de l'adresse,
Lui laisser encor son erreur.

GASTON.
Ah ! reste près de moi, ma belle.

TOINON.
Comment cela va-t-il finir ?

GASTON.
Reste près d'un amant fidèle.

HENRIETTE ET TOINON, se rencontrant.
Ah ! grand Dieu !

HENRIETTE.
C'est Toinon !

TOINON.
Quoi ! c'est vous ?

HENRIETTE.
Il faut fuir.

CHAMPAGNE ET GASTON.
On a parlé ! D'où donc ce bruit peut-il venir ?

GASTON.
Nous ne sommes pas seuls !

TOINON.
Oh ! ciel ! quelle imprudence !

HENRIETTE.
De ce côté, je crois, quelqu'un s'avance !

CHAMPAGNE.
Sont-ce des revenants ? Ah ! que je voudrais bien
Pouvoir sortir d'ici !

TOINON ET HENRIETTE.
Chut ! ne disons plus rien.

ENSEMBLE.

Grand Dieu ! qu'entends-je !
O bruit étrange !
On a marché
Et chuchoté ;
Fatal mystère !
O ciel ! que faire ?
Je tremble, hélas !
A chaque pas.
De la prudence
Et du silence.
Je meurs de peur
Et de frayeur !

CHAMPAGNE, heurtant une chaise qui tombe.
Ah !
HENRIETTE ET TOINON.
Ah !... qui est là ?
CHAMPAGNE, d'une grosse voix.
Moi !
HENRIETTE ET TOINON.
Un voleur !
GASTON.
Un voleur ? Attends, misérable !
HENRIETTE ET TOINON.
Au voleur ! au voleur !
LE MARQUIS, sortant de sa chambre un flambeau à la main.
Des voleurs ici ?
LE PÈRE MARTIN, sortant de la cave.
Des voleurs chez moi ?
LE MARQUIS.
En voilà un, je vais le pourfendre !
HENRIETTE.
Mon oncle, arrêtez !
MARTIN.
Monsieur le marquis, c'est moi !
GASTON ET CHAMPAGNE, à part.
Nous sommes pris !
TOUS.
Le père Martin !

SCÈNE X.

LES MÊMES, LE PÈRE MARTIN.

FINAL. — SEXTUOR. — ENSEMBLE.

LE MARQUIS, HENRIETTE, TOINON.
En croirais-je ma vue ?
O ciel, est-ce bien toi ?

Surprise inattendue,
Je tremble malgré moi.
Quelle chose inouïe !
Quel mystère étonnant !
Mais mon âme est ravie
De le revoir vivant.

GASTON ET CHAMPAGNE.

Surprise inattendue,
Tout est perdu pour moi !
Je frissonne à sa vue
Et de crainte et d'effroi !
Dè mon étourderie,
J'ai regret maintenant ;
Mais cette perfidie
Mérite un châtiment.

MARTIN.

Surprise inattendue,
Ils frissonnent d'effroi !
Calmez-vous à ma vue ;
Hélas ! oui, c'est bien moi !
Cela vous contrarie,
Monsieur le lieutenant ;
Mais votre effronterie
Mérite un châtiment.

LE MARQUIS, au père Martin.

Explique-moi, je t'en supplie,
Ce que tout cela signifie !

GASTON, à part.

Il va tout dire, hélas ! je suis perdu !

MARTIN.

Ah ! monsieur le marquis, il y va de ma vie !

LE MARQUIS.

Allons, maraud, parleras-tu ?

MARTIN.

Hier au soir, dans mon hôtellerie,
Ces messieurs se sont introduits ;
L'un d'eux prend mes habits,
Se déguise aussitôt, et se met à ma place ;
Puis, sans pitié ni grâce,
Ils me jettent, tremblant d'effroi,
Au fond de cette cave.

LE MARQUIS.

Et dans quel but ? pourquoi ?

MARTIN.

Pour pouvoir aisément enlever votre nièce !

LE MARQUIS.

Enlever ma nièce !

MARTIN.

Oui, vraiment.

GASTON.

Le vieux bonhomme est fou.

CHAMPAGNE.

Parbleu ! c'est évident.

LE MARQUIS.

Craignez, monsieur, ma fureur vengeresse.

HENRIETTE.

On voulait m'enlever !

LE MARQUIS ET MARTIN.

Messieurs, sortez d'ici.

TOINON.

Cela devait finir ainsi.

ENSEMBLE.

LE MARQUIS ET MARTIN.

Quelle perfidie !
C'est une infamie !
Oui, c'est une horreur,
Je bous de fureur ;
Galant militaire,
Craignez ma colère !
Vous verrez bientôt
Si je suis un sot !
Pareille insolence
Vaut sa récompense ;
Craignez mon courroux,
Et tremblez pour vous !

GASTON ET CHAMPAGNE.

Oui, sa perfidie
Doit être punie !
Ah ! je sens mon cœur
Gonflé de fureur !
Il faut, sans colère,
S'enfuir et se taire ;
Oui, sans souffler mot,
Partons au plus tôt.
Ton obéissance
Vaut sa récompense ;
Redoute les coups
Et crains mon courroux.

HENRIETTE ET TOINON.

Calmez, je vous prie,
Pareille furie.
Ah ! je sens mon cœur
Battre de frayeur.
Dieu ! que vont-ils faire ?
Je crains leur colère
Ah ! monsieur,
     mon oncle, il faut
Partir au plus tôt.

Mais de la prudence,
Pas de violence;
Messieurs, calmez-vous,
Et plus de courroux.

(Le marquis, Henriette et Toinon se tiennent près de la porte de leur chamb
le père Martin menace Gaston et Champagne, qui s'apprêtent à sortir par
porte du fond.)

ACTE DEUXIÈME.

Le théâtre représente un salon Louis XV, dans le château du ma
quis. Mobilier élégant; table à droite; canapé à gauche, au pre
mier plan; porte au fond, donnant sur le parc; portes latérales

---

SCÈNE PREMIÈRE.

HENRIETTE, seule.

RÉCITATIF.

Depuis hier, pourquoi, devant mes yeux,
De ce jeune officier vois-je toujours l'image?
Est-ce ainsi que le cœur, à mon âge,
Pour la première fois deviendrait amoureux?

AIR.

De l'amour la douce puissance
Fait en moi naître le bonheur;
Et lorsqu'à lui je pense,
Je sens battre mon cœur.
En mon âme ravie
Son image est gravée à jamais!
Déjà la vie
A pour moi plus d'attraits.
Douce pensée!
Mon âme est enivrée,
En ce beau jour,
Et de joie et d'amour!
Tout me présage
Jours sans nuage,
Bonheur, plaisir:
Quel riant avenir!
Je sens d'allégresse
Tressaillir mon cœur.
Je veux, dans mon ivresse,
Ne songer qu'au bonheur!

SCÈNE II.

TOINON, HENRIETTE.

HENRIETTE.

Toinon !

TOINON, une valise à la main.

Mademoiselle ?

HENRIETTE.

Où vas-tu donc si vite ?

TOINON.

Je reporte cette valise à Lafleur, pour qu'il la renvoie au maux aubergiste qui nous a reçus cette nuit.

HENRIETTE.

Comment ! Que veux-tu dire ?

TOINON.

Je veux dire que je me suis trompée ; que j'ai emporté les paquets de Champagne avec ceux de mon maître, et je vais es lui renvoyer à l'auberge.

HENRIETTE.

Ah ! Toinon, quand je pense à l'aventure qui nous est arrivée hier... As-tu remarqué comme ce jeune homme avait toujours les yeux fixés sur moi, comme il me regardait d'une açon singulière ?

TOINON.

Ils regardent tous comme ça.

HENRIETTE.

Si tu savais comme il était aimable chaque fois qu'il m'adressait la parole.

TOINON.

Oui ; il me fait l'effet de savoir joliment son rôle.

HENRIETTE.

Jamais un homme ne m'avait parlé ainsi. Dans ce vieux château, on ne voit jamais personne, ce n'est pas gai pour une eune fille ; si mon oncle recevait encore des jeunes gens aimables comme cet officier, je prendrais patience plus aisément, et je ne désirerais pas tant voir ce cousin que je dois épouser. S'il ne me plaît pas, d'abord, je ne l'épouserai pas.

TOINON.

Et vous aurez bien raison, mademoiselle.

HENRIETTE.

A propos, tu ne sais pas son nom ?

TOINON.

A qui ?

HENRIETTE.

A cet officier.

TOINON.

Non... Il ne vous l'a pas dit ?

HENRIETTE.

Non.

TOINON.

Eh bien, il vous le dira.

HENRIETTE.

Comment cela? Est-ce qu'il doit venir ici?

TOINON.

Je n'en sais rien ; mais, s'il est amoureux, il trouvera le moyen de se faire connaître ; les amoureux, voyez-vous ne doute de rien.

HENRIETTE.

Tu crois?

TOINON.

J'en suis sûre!

HENRIETTE.

Ah! quel bonheur, s'il venait ici!

SCÈNE III.

LES MÊMES, UN VALET.

LE VALET.

M. le marquis est dans son cabinet et fait demander mademoiselle.

HENRIETTE.

J'y vais. Toinon, je te reverrai, car j'ai encore bien choses à te dire.

TOINON.

Je suis à vos ordres, mademoiselle.

HENRIETTE.

Adieu! A bientôt! (Elle sort suivie du valet.)

SCÈNE IV.

TOINON, seule.

Cette chère demoiselle, voilà son cœur bien occupé... Qu'il fallu pour cela?... les regards langoureux d'un gentil valier... et quelques mots prononcés tout bas en faisant bouche en cœur... Cet officier est-il sincère? J'en doute Ah! les hommes... les hommes... Ils sont tous plus ou moi perfides et trompeurs... plutôt plus que moins... et, quand est arrivé comme moi, à l'âge de songer au mariage, on joliment embarrassé... car ce n'est pas le tout de choisir époux... il faut tâcher de le prendre le moins mauvais possible.

COUPLETS.

De tous les garçons du village,
Nicolas seul a des écus;
Il n'a rien que cet avantage,
Et je n'en demande pas plus.
Oui, c'est bien lui que je préfère,
Quoiqu'il soit laid, bancal et vieux,
Et si j'ai le don de lui plaire,
Ma foi, tant mieux !
Toutes les filles du village
Me disent qu'il sera jaloux,
Et qu'il doit subir, à son âge,
Le sort redouté des époux.
Avec moi, qui suis sage et belle,
Il n'aura jamais de soucis...
Mais si j'allais être infidèle,
Ma foi, tant pis !

Oui, tant pis !... car épouser une fille jeune et jolie comme moi, par exemple... dame ! c'est risquer; je suis sage, c'est vrai, mais on ne sait pas ce qui peut arriver... Un fait certain, c'est que, me connaissant comme je me connais, si j'étais à la place de Nicolas, je ne m'épouserais pas... Oh ! mais non, je ne m'épouserais pas.

SCÈNE V.

TOINON, GASTON, CHAMPAGNE.

GASTON, en dehors.

Je désire voir M. le marquis... j'ai une lettre à lui remettre.

CHAMPAGNE.

Et moi, je veux parler à mademoiselle Toinon.

TOINON.

Qu'est-ce que je disais... les voilà !

GASTON, entrant, introduit par un domestique.

Ah ! charmante Toinon... si ton cœur est compatissant, tu parleras à ta belle maîtresse, car, après mon étourderie d'hier, je n'ose espérer qu'elle me recevra.

TOINON.

Ma foi, monsieur, je n'en répondrais pas.

GASTON.

Que dis-tu ?

TOINON.

Attendez ici, dans ce salon.

CHAMPAGNE.

Mademoiselle Toinon, vous n'avez pas l'air de vous apercevoir de ma présence !

TOINON.

Pardon, monsieur l'aubergiste! (Riant.) Ah! ah! ah!

CHAMPAGNE.

Votre jalousie vous a fait commettre un larcin!

TOINON.

Un larcin?

CHAMPAGNE.

Oui, ma valise... Ce n'est pas bien, mademoiselle, de s'approprier le bien d'autrui, surtout quand il ne vous appartient pas!

TOINON.

Comment?

CHAMPAGNE.

Oui, ma valise... vous l'avez ouverte... Eh bien, vous y avez trouvé de nombreux gages d'amour?

TOINON.

Votre valise... je n'ai pas cherché à l'ouvrir!

CHAMPAGNE.

Menteuse!

SCÈNE VI.

Les mêmes, HENRIETTE, accourant.

HENRIETTE.

Toinon, Toinon!... (Apercevant Gaston.) Ah!

GASTON.

Pardon, mademoiselle, d'oser me présenter ainsi chez vous, mais c'est par ordre de mon colonel... J'ai une lettre importante à remettre à M. le marquis de Floreville.

HENRIETTE.

Monsieur, je vais le faire prévenir; je crois qu'il se promène dans le parc... Toinon, va dire à mon oncle...

GASTON.

Oh! c'est inutile... Champagne, porte cette lettre à M. le marquis... (Bas à Champagne.) Et tâche de le retenir dans le jardin!

CHAMPAGNE.

Oui, lieutenant!

GASTON.

Tu comprends?... Va!

TOINON, à Champagne.

Venez!

CHAMPAGNE.

Dis donc, Toinon, ne pourrais-tu pas me faire rafraîchir?... j'ai si chaud!

TOINON.

Venez, beau vainqueur de Fontenoy; et si vous êtes sage, je

vous donnerai une mèche de mes cheveux, pour votre petite collection... Vous n'avez pas cette nuance-là parmi vos gages d'amour.

CHAMPAGNE.

Coquine, tu l'as ouverte ?... (Il sort avec Toinon.)

SCÈNE VII.

GASTON, HENRIETTE.

GASTON, à part.

Le destin me favorise... seul avec elle !

HENRIETTE, à part.

Je ne sais pourquoi... mais je tremble !

GASTON, à part.

Elle me semble encore plus jolie aujourd'hui !

HENRIETTE, vivement.

Je vais aller moi-même prévenir mon oncle...

GASTON, l'arrêtant.

De grâce ! ne vous dérobez pas à mes regards... Accordez-moi quelques instants d'entretien...

HENRIETTE, avec émotion.

Si mon oncle vous trouvait ici avec moi...

DUO.

HENRIETTE.

Partez, je vous en prie,
Partez, séparons-nous ;
Ah ! je vous en supplie,
Monsieur, retirez-vous !
Je sens en sa présence
Mon cœur battre d'effroi ;
O ciel ! pas d'imprudence ;
De grâce, laissez-moi.

GASTON.

Ah ! mon âme est ravie
Quand je suis près de vous,
Et j'eus donné ma vie
Pour un moment si doux !
Je sens, en sa présence,
Mon cœur battre d'émoi ;
Ah ! si je vous offense,
Hélas ! pardonnez-moi.

GASTON.

Souffrez que je contemple encore
Ces traits, ces charmes que j'adore !

HENRIETTE.

Mais si mon oncle allait venir !
Je tremble, hélas ! que devenir !

GASTON.

De grâce, laissez-moi vous dire
Combien mon âme est en délire,
Lorsque je presse sur mon cœur
Cette main blanche !

HENRIETTE.

Ah! je meurs de frayeur !
Partez sans plus attendre !

GASTON, avec feu.

Avant de fuir, laissez-moi prendre
Un seul baiser !

HENRIETTE.

Mais, monsieur...

GASTON.

Après, je vous l'assure,
Je quitterai ces lieux.

HENRIETTE.

Ah! puisqu'il me le jure,
Je ne dois pas lui refuser.

ENSEMBLE.

Oui, je sens dans mon âme
Une tendre et vive flamme ;
Ah! pour moi quels doux moments !
Dans mon délire, hélas ! je sens,
Malgré le trouble qui m'oppresse,
Une douce ivresse
Qui vient enivrer mes sens.
Ah! pour moi quelle joie extrême
De rester près de vous encor quelques moments !

HENRIETTE, à part.

Jamais on ne me fit de si doux compliments !

GASTON, avec feu.

O vous tout mon bonheur ! ô vous mon bien suprême !
Oui, je dois vous le dire...

HENRIETTE.

Achevez...

GASTON.

Je vous aime !

HENRIETTE.

O ciel! que dites-vous ?

(Elle veut fuir.)

GASTON, la retenant.

Demeurez un instant,
Et pardonnez à ma démence.

HENRIETTE, à part.

Au fait, je ne fais, je pense,
Rien de mal en l'écoutant.

REPRISE DE L'ENSEMBLE.

Oui, je sens dans mon âme, etc.

(Gaston tombe aux pieds d'Henriette, et le marquis paraît au même moment
par la porte du fond.)

SCÈNE VIII.

LES MÊMES, LE MARQUIS.

LE MARQUIS, entrant tout essoufflé.

Ah !

HENRIETTE, effrayée.

Ciel ! mon oncle !

LE MARQUIS, furieux.

Venir jusque chez moi faire la cour à ma nièce !

GASTON.

Mais, monsieur le marquis...

LE MARQUIS.

Assez, monsieur ; on ne se moque pas impunément d'un homme de ma sorte.

GASTON.

Permettez...

LE MARQUIS.

Assez, vous dis-je, et veuillez vous retirer !

HENRIETTE, intervenant.

Mais, mon oncle...

LE MARQUIS, frappant du pied.

Il n'y a pas de mais, mon oncle !...Ne suis-je pas le maître ici ?

GASTON.

Mais...

LE MARQUIS.

J'ai été jeune, moi.

GASTON.

Mon Dieu, personne !...

LE MARQUIS, de plus en plus furieux.

Je vous dis que j'ai été jeune... je le sais mieux que vous. Eh bien ! jamais je n'aurais eu la témérité d'agir comme vous le faites... C'est affreux... monsieur...

HENRIETTE, bas à Gaston.

Partez, de grâce, et craignez sa colère !... Je vais tâcher de le calmer... ne vous éloignez pas.

GASTON, à part.

Imbécile de Champagne ; il me le payera ! (Haut.) J'espère, monsieur le marquis, que ma soumission à vos ordres me méritera votre pardon. (Il sort.)

SCÈNE IX.

HENRIETTE, LE MARQUIS.

HENRIETTE.

Mon oncle, ce jeune homme, je vous assure, ne méritait pas d'être traité de la sorte.

LE MARQUIS.

Comment ?

HENRIETTE.

Si vous saviez comme il me disait de jolies choses !

LE MARQUIS, l'observant.

Ah! il te disait de jolies choses...

HENRIETTE.

Oh ! comme vous ne m'en dites jamais.

LE MARQUIS.

Parbleu ! je le crois bien. Et que te disait-il ?

HENRIETTE.

Que j'étais jolie ; qu'il aimait à contempler mon visage ; qu'il me trouvait adorable !

LE MARQUIS.

L'impertinent !

HENRIETTE.

Qu'il n'avait jamais vu de femme plus séduisante que moi... Que sais-je, enfin !...

LE MARQUIS.

Oui, tout le vocabulaire des amoureux. Mensonges que tout cela !

HENRIETTE.

Par exemple ! ne suis-je pas jolie ?

LE MARQUIS.

Non.

HENRIETTE.

Oh !

LE MARQUIS.

Non, te dis-je ! Tu es laide !

HENRIETTE, se récriant.

Laide !

LE MARQUIS.

Oui, très-laide !

HENRIETTE.

Mon oncle, vous ne m'avez jamais dit cela.

LE MARQUIS.

Eh bien, j'ai eu tort... Un oncle doit toujours dire à sa nièce qu'elle est laide.

HENRIETTE.

Oui, mais ce n'est pas une raison pour que cela soit vrai. Voyons, mon bon petit oncle, ne faites pas le méchant, et consentez à revoir ce jeune homme... Je suis sûre qu'il vous plaira quand vous le connaîtrez mieux.

LE MARQUIS.

Nous verrons ! nous verrons! (Il sort avec Henriette.)

SCÈNE X.

TOINON, entrant avec CHAMPAGNE, qui a une bouteille et un verre à
la main.

TOINON.

Voyons, monsieur, soyez sage !

CHAMPAGNE.

Sage auprès de toi... est-ce possible, ma princesse ! ma
éesse ! ma tigresse !

TOINON.

Ayez donc de la raison !

CHAMPAGNE.

Tes beaux yeux me la font perdre.

TOINON.

Et cette bouteille aussi.

CHAMPAGNE.

Ah ! le verre et la bouteille ! mais ce sont des objets de
première nécessité... Et puis, ça produit une si jolie mu-
ique !

DUETTO.

CHAMPAGNE.

Doux carillonnage,
Retentis toujours ;
Charmant badinage,
Sois mes seuls amours.
Verse-moi, ma chère,
Ce nectar divin.
Rien ne sait me plaire
Comme un verre plein.
Et ridondidondaine !
Et ridondidondon !
Et ridondidondaine !
Et ridondidondon !

TOINON.

Ce maudit breuvage
Qu'il verse toujours,
Nous jouera, je gage,
Quelques mauvais tours.
Hélas ! comment faire ?
Je lui parle en vain ;
Sa raison s'altère,
Le fait est certain.
Et ridondidondaine !
Quelle sotte chanson !

Crier à perdre haleine,
Ça n'a pas de raison.

CHAMPAGNE.

Allons, Toinon, ma douce amie,
Va chercher un autre flacon.

TOINON.

Y pensez-vous? Quelle folie!
Il n'a déjà plus sa raison !

CHAMPAGNE.

Ne résiste pas davantage ;
Obéis donc, ou gare à toi!

TOINON.

Ne faites pas tant de tapage,
A la cuisine suivez-moi.

CHAMPAGNE.

D'honneur, elle badine !

TOINON.

Non, quittons le salon.

CHAMPAGNE.

Te suivre à la cuisine !
Non, non !

TOINON.

Si, si!

CHAMPAGNE.

Non, non!

REPRISE.

Doux carillonnage, etc.

(Le marquis entre précipitamment par la porte du fond, et s'arrête sur le seu
en apercevant Champagne qui embrasse Toinon.)

SCÈNE XI.

LES MÊMES, LE MARQUIS.

LE MARQUIS, stupéfait.

Ah !...

TOINON, avec frayeur, voyant le marquis.

Ah ! (Elle se sauve.)

LE MARQUIS.

Eh bien, ne vous gênez pas! Embrasser Toinon...

CHAMPAGNE.

Il fait si chaud !

LE MARQUIS.

Et boire mon vin !

CHAMPAGNE.

Elle a des joues si fraîches !... et en vous attendant, monsieur le marquis, j'ai pensé que les lois de l'hospitalité...

LE MARQUIS.

Vous m'attendiez ?

CHAMPAGNE.

En buvant votre excellent bourgogne !

LE MARQUIS.

Que voulez-vous ?

CHAMPAGNE, montrant une lettre.

Je veux vous remettre ceci.

LE MARQUIS.

Une lettre ?

CHAMPAGNE.

Tout simplement... Lisez, faites comme si je n'étais pas là !

LE MARQUIS, lisant.

« Cher marquis, le fils chéri que vous désirez tant revoir
sera sans doute devant vos yeux au moment où vous lirez
cette lettre... car c'est lui qui doit vous la remettre !... »
Ah ciel ! est-ce possible ?

CHAMPAGNE.

Ah çà ! qu'est-ce qu'il a ?

LE MARQUIS, l'examinant.

Mais, en effet... ces traits... c'est frappant... le portrait de sa
mère... je ne me sens pas joie !

CHAMPAGNE, à part.

Le vieux devient fou !

LE MARQUIS, avec explosion.

Ah ! je n'y tiens plus !... Mon enfant ! mon cher enfant, je
je retrouve enfin... laisse-moi t'embrasser !

CHAMPAGNE.

Comment donc, avec plaisir... (A part.) Sa folie n'est pas
dangereuse.

LE MARQUIS.

Comme Henriette va être contente de te voir... elle qui sou-
pire après toi !.. Laisse-moi t'embrasser encore !

CHAMPAGNE.

A votre aise, ne vous gênez pas.

LE MARQUIS.

Que je suis heureux !

CHAMPAGNE.

Mon Dieu, je comprends ça... mais... pourquoi ?

LE MARQUIS.

Comment, pourquoi ? Mais ton cœur ne t'a donc pas dit
qui je suis ? tu ne reconnais donc pas ton père ?

CHAMPAGNE.

Mon père ?... Mais je n'en ai pas... comment voulez-vous...

LE MARQUIS.

Mais ton père... c'est moi !

CHAMPAGNE, transporté.

Ciel et terre !

LE MARQUIS.

Chut! Qu'on ne nous entende pas!

CHAMPAGNE.

C'est vous, qui êtes papa? Non, ce n'est pas vrai!

LE MARQUIS.

Mais si, c'est bien moi.

CHAMPAGNE.

Vrai de vrai?

LE MARQUIS.

Puisque je te l'affirme.

CHAMPAGNE, sautant de joie.

J'ai retrouvé papa, j'ai retrouvé papa!

LE MARQUIS.

Tais-toi donc, malheureux, si ma nièce t'entendait! Elle ne sait pas que j'ai eu un fils, et, tu comprends, il faut lui cacher cela encore quelque temps.

CHAMPAGNE.

Ah! la petite!... ah! oui... (Examinant le marquis.) Ah çà! vous avez donc quitté votre état?

LE MARQUIS.

Quel état?

CHAMPAGNE.

Et, parbleu! celui de maréchal-ferrant!

LE MARQUIS.

Allons, tu ne sais ce que tu dis; je crois que le vin t'a un peu dérangé la cervelle.

CHAMPAGNE.

Faites excuse; on m'a toujours dit que ma mère avait eu un sentiment pour un maréchal-ferrant.

LE MARQUIS.

Qui a pu te dire de pareilles bêtises; cela n'a pas le sens commun; on a voulu se moquer de toi. Je te raconterai plus tard ce qui en est; fais attention seulement de ne donner aucun détail à Henriette; je me charge de lui apprendre la vérité.

CHAMPAGNE.

Eh bien, vous avez raison, vous vous en tirerez mieux que moi.

LE MARQUIS, s'asseyant.

Viens t'asseoir près de moi que je te regarde à mon aise. Comme tu es changé, depuis le temps où je t'ai quitté!.. Ah! je désespérais presque de te revoir après ce malheureux incendie où ta pauvre mère a péri!

CHAMPAGNE.

Mon Dieu! oui. (A part.) Je n'y comprends rien; mais, c'est égal... ça m'amuse.

LE MARQUIS.

Tu as bien fait de t'enrôler; c'était le meilleur parti à prendre dans ta position.

CHAMPAGNE.

Oui.

LE MARQUIS.

Je ne pensais certes pas te revoir si tôt.

CHAMPAGNE.

C'est comme moi; on m'aurait dit en entrant ici : « Ce château est à ton papa... » Je ne l'aurais pas cru, parole d'honneur! Je suis comme ça... je ne l'aurais pas cru.

LE MARQUIS.

Eh bien, oui! ce château est à toi, ce parc est à toi, tout ce qui est ici est à toi!

CHAMPAGNE, se levant.

Voilà ce qu'on peut appeler une fière chance!

LE MARQUIS.

Oui... mais... écoute-moi.

CHAMPAGNE.

Quoi?

LE MARQUIS.

Tu as déjà vu Henriette; comment la trouves-tu?

CHAMPAGNE.

Un peu pâlotte, mais gentille.

LE MARQUIS.

Elle ne te déplairait pas, cependant?

CHAMPAGNE.

Dame, non; mais si elle était un peu plus rougeaude, j'aimerais mieux ça.

LE MARQUIS.

C'est que j'ai mes petits projets.

CHAMPAGNE.

Voyons vos petits projets.

LE MARQUIS.

Je t'expliquerai cela plus tard; un moyen pour que vous ne quittiez jamais ni l'un ni l'autre.

CHAMPAGNE.

Oh! quant à moi, je ne vous quitterai jamais, soyez-en sûr; vous suivrai partout, je ne vous laisserai pas faire tant seulement un pas tout seul.

LE MARQUIS, l'embrassant.

Cher enfant! quel bon naturel! A propos, pourquoi t'appelles-tu Champagne, car ce n'est pas ton nom?

CHAMPAGNE.

Et, ma foi, je n'en sais rien; c'est au régiment qu'ils m'ont donné ce nom-là.

LE MARQUIS.

On vient... silence! C'est Henriette!

SCÈNE XII.

LES MÊMES, HENRIETTE et GASTON.

HENRIETTE, amenant Gaston.

Venez, je vous en prie.

LE MARQUIS.

Vous pouvez entrer, monsieur; je suis tellement joyeux aujourd'hui, que je veux bien oublier tout ce qui s'est passé.

GASTON.

Monsieur le marquis...

LE MARQUIS.

Ah! Henriette, tu vas être bienheureuse, car cet époux tant désiré n'est pas loin d'ici.

HENRIETTE, à part.

Qu'entends-je?

LE MARQUIS, montrant Champagne.

Et cet époux... le voici!

HENRIETTE.

Ciel! que dites-vous?

GASTON.

Ce n'est pas possible!

LE MARQUIS.

Je t'assure que c'est lui, j'en ai la preuve certaine.

CHAMPAGNE.

Mon Dieu, oui!...

QUATUOR.

HENRIETTE, au marquis.
Lui, mon époux!
Y pensez-vous?
LE MARQUIS.
C'est ton époux!
Moment bien doux!
CHAMPAGNE, à Henriette.
Oui, votre époux
Est devant vous!
GASTON, montrant Champagne.
Lui, son époux!
Y pensez-vous?

ENSEMBLE.

HENRIETTE.
En vérité, c'est trop d'audace!
Lui, mon mari!
Non, non, merci!
Je vous rends grâce!

LE MARQUIS.

Qu'il est charmant! qu'il a de grâce!
Oui, c'est bien lui.
Ah! viens ici,
Que je t'embrasse!

CHAMPAGNE.

Combien vraiment elle a de grâce!
Papa chéri,
Souffrez qu'ici
Je vous embrasse!

GASTON.

Lui son mari? C'est trop d'audace
Il l'a choisi
Pour son mari!
Quelle disgrâce!

LE MARQUIS, à Henriette.

A ton cousin fais donc meilleure mine!

HENRIETTE.

Je ne veux pas d'un tel époux.

GASTON.

Je n'en puis revenir...

CHAMPAGNE, à Henriette.

O charmante cousine!
Mon cœur palpite auprès de vous!
Pourquoi détournez-vous la vue?

LE MARQUIS.

Chère enfant! comme elle est émue!

GASTON.

Ah! c'est affreux!

CHAMPAGNE.

Qu'a-t-elle donc?

LE MARQUIS.

Rien... c'est nerveux.

REPRISE ENSEMBLE.

HENRIETTE.

En vérité, c'est trop d'audace, etc.

CHAMPAGNE.

Combien vraiment elle a de grâce, etc.

LE MARQUIS.

Je veux aujourd'hui que tout le monde prenne part à ma joie; aussi, monsieur le lieutenant, j'espère que vous voudrez bien être des nôtres ce soir, et partager à votre tour le repas que je vais faire préparer.

GASTON.

Ah! monsieur le marquis...

LE MARQUIS.

Veuillez m'attendre ici, s'il vous plaît, je vais donner quelques ordres et reviens à l'instant. Toinon!... Toinon!

TOINON.

Monsieur le marquis!

LE MARQUIS.

Prépare la plus belle chambre du château pour le cousin de ma nièce.

TOINON.

Le cousin de mademoiselle! Qui donc?...

CHAMPAGNE.

Moi, parbleu!

TOINON, riant.

Vous? Ah! ah! ah!

LE MARQUIS, à Champagne.

Je vais revenir bientôt, mon cher enfant... Allons, Henriette, viens avec moi...

HENRIETTE.

Mon oncle, n'espérez pas me faire épouser...

LE MARQUIS.

Viens, viens toujours...

SCÈNE XIII.

GASTON, CHAMPAGNE, TOINON.

TOINON, riants aux éclats.

Ah! ah! ah! Champagne, le cousin que nous attendons depuis si longtemps! ce fameux cousin! ah! ah! ah! Mais mon maître a donc la tête dérangée?

CHAMPAGNE, prenant pendant toute cette scène des airs de grand seigneur.

Silence, et parlez-moi avec plus de respect!

GASTON.

Je n'en reviens pas. Oh! mais c'est impossible.

CHAMPAGNE.

Or çà, mademoiselle la camériste, on vous a donné l'ordre d'aller préparer mon appartement, ne vous le faites pas dire deux fois.

TOINON.

J'y vais, monsieur Champagne, monseigneur Champagne. Ah! ah! ils sont tous fous! (Elle sort.)

SCÈNE XIV.

CHAMPAGNE, GASTON.

GASTON.

Voyons, drôle! m'expliqueras-tu ce que tout cela signifie?

CHAMPAGNE, regardant de tous côtés, puis s'approchant de Gaston.

Nous sommes seuls; personne ne nous entend... Eh bien... c'est papa!

GASTON.

Que veux-tu dire ?

CHAMPAGNE.

Chut ! c'est papa !

GASTON.

Mais qui ?

CHAMPAGNE.

Chut ! le marquis de Floreville, parbleu !

GASTON.

Comment cela ?

CHAMPAGNE.

L'histoire est bien simple, allez... Ma mère avait eu un sentiment pour le marquis... De cet amour était né un fils... Ma mère, à ce qu'il paraît, est morte dans un incendie... Que sais-je, enfin ?...

GASTON, à part.

Ciel ! c'est l'histoire de ma vie. (A Champagne.) Achève !...

CHAMPAGNE.

Alors, je me serais enrôlé, parce que c'était le meilleur parti à prendre dans ma position ; vous comprenez bien ça ?

GASTON, très-attentif.

Oui... Après ?...

CHAMPAGNE.

Puis, le colonel m'ayant probablement reconnu, m'aurait envoyé ici avec une lettre pour faire une surprise au marquis. Vous voyez, cela peut arriver à tout le monde.

GASTON, à part, avec émotion.

Ah ! je frissonne ! (A Champagne.) Et c'est la lettre que tu as remise au marquis de Floreville qui donnait ces détails ?

CHAMPAGNE.

Il y a apparence !

GASTON, marchant avec préoccupation.

Ah ! si c'était possible ! Il faut absolument que je prenne connaissance de cette lettre.

CHAMPAGNE, étonné.

Ah çà, mais, qu'est-ce qu'il a donc ?

GASTON.

Cela me paraît extraordinaire... Ah ! voici justement M. le marquis !

SCÈNE XV.

LES MÊMES, LE MARQUIS et HENRIETTE.

LE MARQUIS, à Henriette.

Je te répète que je le veux ; ainsi, il ne faut pas te monter la tête inutilement.

HENRIETTE.

Oh ! c'est ce que nous verrons.

GASTON, au marquis.

Monsieur le marquis, veuillez m'accorder un moment d'entretien.

LE MARQUIS.

Volontiers, monsieur; parlez.

CHAMPAGNE, causant avec Henriette.

Chère et belle cousine, pourrais-je vous dire combien je suis heureux! (Henriette, impatientée, ne l'écoute pas.)

GASTON, au marquis.

Avant de partir pour toujours, j'ai une faveur à vous demander.

LE MARQUIS.

Laquelle?

GASTON.

Je désirerais prendre connaissance de la lettre de mon colonel, si toutefois il n'y a pas d'indiscrétion.

LE MARQUIS.

Mais, monsieur, y pensez-vous ? Cette lettre ne vous concerne nullement.

GASTON.

De grâce, ne me refusez pas!

LE MARQUIS.

Mais elle contient un secret...

GASTON.

Champagne m'a tout dit.

LE MARQUIS, stupéfait.

Hein !

GASTON.

Oui, et ses paroles ont éveillé en moi certains souvenirs, et me font craindre... une méprise...

LE MARQUIS.

Que voulez-vous dire?

GASTON.

Je vous en prie.

LE MARQUIS.

Quelle singulière idée! Enfin, monsieur, je veux bien, mais vraiment... (Prenant la lettre.) il n'y a pas de doute à avoir... tenez... (Lisant.) « Cher marquis, le fils chéri que vous désirez tant revoir, sera sans doute devant vos yeux au moment où vous lirez cette lettre, car c'est lui qui doit vous la remettre!... » Ciel! que vois-je! mais je n'ai pas lu ceci!... « Il a fait ses preuves à Fontenoy, comme l'indique ce grade de lieutenant qu'il a gagné sur le champ de bataille ! » Mais alors ce n'est donc pas...

GASTON.

Mais c'est moi qui devais vous présenter cette lettre !

LE MARQUIS.

Vous?

GASTON.

Champagne, n'est-ce pas que c'est moi qui devais remettre cette lettre à M. le marquis?

CHAMPAGNE.

Oui, monsieur Gaston, c'est vrai!

LE MARQUIS.

Gaston, dit-il!

GASTON.

C'est mon nom!

LE MARQUIS.

Mais en effet! ces traits, c'est frappant... c'est le portrait de sa mère... Ah! j'étouffe de joie... c'est bien lui, maintenant... c'est mon fils.

HENRIETTE.

Mais, qu'y a-t-il donc?

LE MARQUIS, à Henriette.

Une erreur, une méprise, mon enfant... ton cousin, le voilà! (Il désigne Gaston.)

HENRIETTE.

Ah! tant mieux!

GASTON.

Que vous êtes bonne!

CHAMPAGNE.

Me voilà enfoncé!

TOINON.

L'appartement de monseigneur le futur est prêt!

GASTON.

Merci, Toinon!

TOINON, à Champagne.

Comment, ce n'est donc pas vous?...

CHAMPAGNE.

Non, j'abdique en sa faveur... (Bas au marquis.) monsieur le marquis, êtes-vous bien sûr de n'avoir qu'un fils?

LE MARQUIS.

Qu'est-ce que ça te fait?

CHAMPAGNE.

C'est que si vous aviez besoin d'en reconnaître un autre comme cadet même... je ne suis pas fier!...

LE MARQUIS.

Tais-toi, butor!

GASTON.

Et la main de ma cousine?...

LE MARQUIS.

Je te la donne!

CHAMPAGNE.

Toinon, si je te demandais la tienne!

TOINON.

Je serais assez folle pous vous la donner.

CHAMPAGNE.

Vivat!

TOINON.

Mais plus de collection... ou sinon... je ne vous dis que ça!...

LE MARQUIS.

Mes enfants, vous ne me quitterez plus!

HENRIETTE ET GASTON.

Oh! non, jamais!

CHAMPAGNE.

Jamais, monsieur le marquis... jamais... je vous l'ai promis!

CHŒUR FINAL.

ENSEMBLE.

O jour de fête et de bonheur!
Pour nous plus de tristesse.
Je sens déjà battre mon cœur
De joie et d'allégresse!

FIN.

LAGNY, — Typographie de A. VARIGAULT et Cie.

par **Michel Lévy Frères.**

LA I…… …ie en 2 actes………	1 50
LE R…… …ue en 2 actes………	1 »
YA-ME……… …s………	» 60
LA STA……… …3 actes………	1 »
UN …UNI……… …T-RIEN, coméd. 1 a., en vers..	1 50
L'AMOUR E……… …die-vaudeville en 1 acte………	1 »
BÉATRIX ou LA……… DE L'ART, comédie en 5 actes……	2 »
LES TREMBLEURS…… Printemps qui s'avance, sc. bourgeoises	1 »
LA FILLE DES CHI…ONNIERS, drame en 5 actes et 8 tableaux	1 »
LE PRISONNIER DE LA BASTILLE, drame en 5 a. et 10 tableaux	» 50
ARRETONS LES FI… …, comédie-vaudeville en 1 acte……	» 60
LES VIVACITÉS DU CAPITAINE TIC, comédie en 3 actes….	2 »
MA FEMME EST TROUBLÉE, comédie en 1 acte……….	1 »
L'ANGE DE MINUIT, drame en 6 actes………	2 •
LES DEUX CADIS, opéra comique en 1 acte ………	1 »
LA CHASSE AUX PAPILLONS, comédie-vaudeville en 1 acte…	1 »
UN MARI AUX CHAMPIGNONS, vaudeville en 1 acte…….	» 60
JALOUX DU PASSÉ, comédie en 1 acte…: ………	1 »
LE GENTILHOMME PAUVRE, comédie en 2 actes………	1 50
J'AI COMPROMIS MA FEMME, comédie en 1 acte………	1 »
LE SACRIFICE D'IPHIGÉNIE, comédie en 1 acte ………	1 »
L'ÉCUREUIL, comédie en 1 acte………	1 »
LA MARIÉE DU MARDI GRAS, comédie-vaudeville en 3 actes..	1 »
LA FAMILLE DE PUIMÉNÉ, comédie en 5 actes………	2 »
LES EFFRONTÉS, comédie en 5 actes………	4 »
L'ÉTINCELLE, comédie en 1 acte…… ………	1 »
UNE HEURE AVANT L'OUVERTURE, prologue en 1 acte……	1 »
LES FEMMES FORTES, comédie en 3 actes………	2 »
CHAMARIN LE CHASSEUR, comédie-vaudeville en 1 acte….	1 »
OH! LA! LA! QU'C'EST BÊTE TOUT ÇA! revue 3 a. et 20 tab.	1 »
LES PÊCHEURS DE CATANE, opéra comique en 3 actes……	1 »
L'ÉVENTAIL, opéra comique en 1 acte………	» 20
LE PIED DE MOUTON, féerie en 3 actes………	1 »
LE SERMENT D'HORACE, comédie en 1 acte……	1 »
LE PASSÉ DE NICHETTE, comédie-vaudeville en 1 acte……	1 »
LES MITAINES DE L'AMI POULET, comédie en 2 actes……	1 »
LA DAME DE MONSOREAU, drame en 11 tableaux………	2 »
LA COLOMBE, opéra comique en 2 actes………	1 »
TROTTMANN LE TOURISTE, comédie-vaudeville en 3 actes..	» 40
L'HOTEL DE LA POSTE, opéra comique en 1 acte………	» 40
LE PASSAGE RADZIWILL, comédie-vaudeville en 3 actes….	1 »
LA CONSIDÉRATION, comédie en 4 actes, en vers………	2 »
RÉDUCTION DE RÉDEMPTION, parodie en 4 portions…….	1 »
LE GUIDE DE L'ÉTRANGER DANS PARIS, c.-v. en 3 actes. .	1 »
COMME ON GATE SA VIE, vaudeville en 3 actes………	» 20
UN TYRAN EN SABOTS, comédie en 1 acte ………	1 »
LE CAPITAINE BITTERLIN, comédie en 1 acte………	1 »
RÉDEMPTION, comédie en 5 actes et un prologue………	2 »
M. PROSPER, comédie en 1 acte ………	» 60
L'ESCAMOTEUR, drame en 5 actes………	» 40
UNE TASSE DE THÉ, comédie en 1 acte…. ………	1 »
LA MAISON DU PONT NOTRE-DAME, drame en 5 act. et 6 tab.	» 40
MATELOT ET FANTASSIN, vaudeville en 1 acte………	» 40

NOTA. Voir le Catalogue général pour la liste complète des Pièces de théâtre publiées
à la librairie de Michel Lévy frères.

Typ. Morris et Comp., rue Amelot, 64.